Collection folio cadet

Supplément réalisé avec la collaboration de
Dominique Boutel, Nadia Jarry, Anne Panzani
et Marie-Hélène Larre
(illustrations Sophie Jouffroy)

ISBN : 2-07-31194-5
Titres originaux : Meet M and M / M and M and the big bag
Publié par Pantheon Books, U.S.A.

Numéro d'édition : 46148
Premier dépôt légal : mai 1986
Dépôt légal : février 1990
Imprimé en Italie par la Editoriale Libraria

Les inséparables

PAT ROSS
ILLUSTRÉ PAR MARYLIN HAFNER

GALLIMARD

La dispute

Chapitre 1

Elles s'appelaient toutes les deux Marylin, et elles étaient tellement amies qu'on les croyait souvent jumelles.

Mais l'une des deux qu'on appelait Marylin était plus grande. Alors, elle pliait les jambes, pour avoir l'air plus petite.

L'autre Marylin, qu'on appelait Mimi, était plus ronde. Alors, elle rentrait le ventre pour avoir l'air plus mince.

Et puis elle se mettait sur la pointe des pieds pour se grandir.

Mais...

Elles avaient toutes les deux les cheveux noirs et raides emmêlés au même endroit : la mèche qu'elles mâchonnaient. Il leur manquait la même dent de devant.

Et puis, elles avaient le même prénom. Ce qui fait quand même beaucoup de points communs.

Tous les jours, après l'école, Marylin grimpait l'escalier de service de l'immeuble où elles habitaient toutes deux. Elle montait toujours les marches deux par deux, pour aller chez Mimi. Marylin habitait l'appartement 2B, Mimi l'appartement 3B.

Ou bien Mimi dévalait l'escalier et se retrouvait chez Marylin en vingt sauts de lapin.

— Nous sommes des sœurs jumelles, les inséparables M et M, disaient-elles à qui voulait l'entendre.

Elles se laissaient pousser les cheveux en même temps, alors elles avaient la même tignasse.

Elles échangeaient leurs barrettes, les rouges avec des étoiles de Marylin et celles de Mimi, argentées, qui étincelaient dans le noir.

« A deli deli delo,
M et M sont dans leur eau, »
chantaient-elles à l'heure du bain.

Chacune à son tour, elles faisaient éclater les bulles du bain moussant dans le seau jaune qui leur appartenait à toutes les deux.

Marylin autorisait Mimi à prendre le nouveau sèche-cheveux électrique de sa mère.

Et, c'est bien naturel, Mimi laissait Marylin se draper dans le manteau de velours neuf de sa propre mère (qui avait encore toutes ses agrafes).

Marylin avait décidé de partager Bébé, son cochon d'Inde.

Et Mimi avait décidé la même chose pour son chien Maxi.

Elles inventaient des jeux comme celui de la maison hantée et fabriquaient des araignées horribles pour décorer les murs.

Elles jouaient à la marchande avec des boîtes de conserve trouvées dans le placard de la cuisine.

La cliente se plaignait toujours de la cherté des choses. La vendeuse répondait systématiquement :

— Nous faisons le maximum, chère madame.

Elles passaient des heures fabuleuses à faire des farces. Par exemple, elles cachaient les boulettes de Maxi dans le porte-parapluies. Ou elles glissaient Bébé dans une chaussure.

Et personne ne pouvait savoir qui était l'auteur de la farce.

Parfois même, les gens ne savaient plus du tout qui était qui. Ces deux filles étaient vraiment inséparables.

— Appelez-nous M et M, tout simplement, disaient-elles.

Chapitre 2

Un jour, il faisait très mauvais, et tout se mit à aller mal. Marylin et Mimi se disputèrent d'abord pour savoir à quoi elles allaient jouer. Et selon quelles règles. Elles finirent par décider qu'il serait agréable de jouer aux cartes.

Mais alors, elles n'étaient pas d'accord sur l'endroit où il serait plaisant de jouer.

Ensuite, Marylin n'eut pas envie de laisser Mimi jouer avec Bébé, même pas un tout petit moment.

Et, le même jour, Mimi montra bien sa nouvelle boîte de crayons-feutres de vingt couleurs.

Mais Marylin eut seulement le droit de regarder.

Avant qu'elles aient compris ce qui se passait, la bagarre avait commencé.

— Espèce de traître ! hurlait Mimi.
— Sale brute ! hurlait Marylin. Maxi aboyait à tout hasard après l'une et puis après l'autre.

Et voilà...

Mimi rentra chez elle, au 3B.

Elle affirma qu'elle ne reviendrait jamais.

Marylin ricana :

— On a des chances d'être enfin tranquille.

Et elle claqua la porte si brutalement qu'elle se cogna le coude contre le mur.

Elles connaissaient évidemment le numéro de téléphone de l'autre par cœur. Et, en général, quand elles se disputaient elles se rappelaient au bout d'un quart d'heure en disant :

— Tu veux jouer ?

Ça voulait dire : excuse-moi.

Cette fois-là le téléphone ne sonna pas.

Cachée derrière le rideau, Marylin regardait Mimi promener Maxi.

Un peu plus tard, Mimi regardait Marylin faire du vélo avec Mathieu, du 3C.

Le lendemain, il y eut une rencontre dans l'ascenseur.

La première chose que dit Mimi fut :

— Tiens, je vais au cirque avec Mathieu.

— Ah bon, moi, j'y ai déjà été deux fois, dit Marylin.

Quand l'ascenseur arriva au rez-de-chaussée, elles ne se dirent même pas au revoir.

Le même après-midi, Marylin installa un stand devant la porte cochère. Elle avait décidé de vendre du jus d'orange.

Mimi s'installa de l'autre côté de la porte. Elle aussi, elle avait un stand.

La pancarte de Marylin annonçait :

LE MEILLEUR DES JUS D'ORANGE !

Sur sa pancarte, Mimi écrivit :

IL EST ENCORE MEILLEUR ICI !

Marylin vendait le gobelet un franc.

Mimi donna une gorgée de plus pour le même prix.

Alors, Marylin vendit le gobelet, plus une gorgée, plus une paille, pour la même somme.

Alors, pour un franc, Mimi proposa à ses clients un gobelet, plus une gorgée, plus une paille, plus une chanson.

Marylin trouva ça écœurant. Et en fit part à Mimi.

Puis elle rentra son stand de jus d'orange dans la maison.

Ce soir-là, chez Mimi, le téléphone sonna trois fois. Mimi courut pour décrocher la première. Mais c'était toujours pour la baby-sitter qui bavarda avec ses amis toute la soirée.

Ce soir-là, chez Marylin, le téléphone sonna deux fois. Marylin alla vite répondre. Mais ce n'était jamais pour elle.

Chapitre 3

Le troisième jour, la pluie tombait comme une douche froide. Chez elle, au 3B, Mimi était seule avec Maxi. Maxi était fou de joie d'avoir Mimi pour lui. Il lui léchait la figure à grands coups de langue attendrie, et lui donnait des baisers.

Mimi n'avait pas envie de baisers de chien. Elle avait eu envie du plus énorme bain de mousse du monde. Mais très vite les bulles avaient disparu. Restaient de l'eau grise et une auréole sale sur la paroi. En fait, prendre un bain de mousse toute seule n'était pas vraiment quelque chose d'amusant.

A l'étage en dessous, au 2B, Marylin essayait de jouer toute seule au jeu de la maison hantée. Mais cela n'avait rien d'effrayant. Alors elle décida de jouer avec Bébé. Comme par hasard, cet idiot avait envie de dormir. Elle sortit ses vieux feutres secs et les humecta. Mais les couleurs n'étaient vraiment pas jolies ni brillantes sur sa feuille.

Tap, tap, tap !

Marylin entendit un bruit. Elle pensa que c'était la pluie, mais il ne pleuvait plus.

Tap, tap, tap !

Elle regarda par la fenêtre et là, accroché à une corde, il y avait un seau jaune.

C'était leur seau jaune pour le bain. Marylin ouvrit la fenêtre et attrapa le seau. Il y avait quelque chose dedans : une chose plate et rectangulaire, emballée dans du papier argenté.

Elle ouvrit précautionneusement. Il

y avait un portrait de Maxi au crayon feutre brillant et un petit mot qui disait :

A M.

VEUX-TU UN CRAYON FEUTRE ?

DE QUELLE COULEUR ?

SIGNÉ M.

Vite, Marylin mouilla son feutre noir, le seul qui marchait. Et elle écrivit :

AM.
EST-CE QUE TU AS
DU VIOLET ?
SIGNÉ M.

Elle enveloppa le mot dans le papier d'argent et le remit dans le seau. Puis elle mit l'oreiller spécial de Bébé dans le seau et fit partir le tout vers le 3B.

Quelques minutes plus tard, le seau revint, avec l'oreiller et un petit mot qui disait :

MAXI A ESSAYÉ DE LE MANGER

Dans le seau, il y avait aussi trois feutres :

le violet, un jaune, et un noir qui marchait.

Tout l'après-midi, Mimi et Marylin envoyèrent le seau, aller et retour. Elles s'envoyèrent des petits dessins, des voitures, une brosse à cheveux, des gâteaux secs dans un sac en plastique, des bandes dessinées, un puzzle auquel il manquait seulement deux pièces, et un million de petits mots.

GHOUL
EXTRA
JE MANGE UN SANDWICH ET TOI, QU'EST-CE QUE TU FAIS ?

Le dernier message de Marylin disait :

RENDEZ-VOUS DANS L'ESCALIER

Mimi en renvoya un qui disait :

J'AVAIS JUSTE LA MÊME IDÉE !

Mimi dévala les marches, à toute vitesse. Marylin les escalada, deux par deux.

OLIVIA'S
ORCHARDS
ASCENSEUR DE SERVI
Foster
ŒUFS FRAIS

Elles se retrouvèrent à mi-chemin, s'assirent, et se demandèrent quel serait leur programme, le lendemain.

Au supermarché

Chapitre 1

Marylin et Mimi sont en train de lire d'un air concentré ce qui est écrit sur une feuille de papier jaune. Les grandes lettres noires inscrites tout en haut disent :

LISTE DE COURSES Mais ce n'est pas n'importe quelle liste de courses. C'était une liste de courses TRES importante.

Elles la relisent trois fois.

C’est la première fois que Marylin et Mimi vont faire les courses toutes seules. Et la liste est pour elles.

— Ça y est ! crie Marylin.

— C’est l’heure ! crie Mimi.

Elles sont prêtes.

Elles savent lire les prix et les étiquettes. Elles savent même déchiffrer des mots aussi démoniaques que : puzzle, ou marshmallows.

Elles savent rendre la monnaie et regardent toujours des deux côtés avant de traverser la rue. Elles sont parfaitement prêtes, parées pour faire seules les courses au supermarché.

Elles regardent encore une fois leur liste. Une feuille impeccable. Les mots sont écrits en grosses lettres très lisibles. Elles lisent, une fois encore :

LISTE DE COURSES :

BEURRE

PAIN

DEUX POMMES

UN PAQUET DE SACS POUBELLE

UN LITRE DE LAIT

— C’est une liste facile, dit Mimi.

— Sans problème, dit Marylin.

Marylin est chargée de la liste ; elle la plie et la glisse dans sa ceinture. Mimi est responsable de l’argent. Elle enfonce un billet de cinquante francs dans la poche arrière de son jean. Puis elle gigote dans tous les sens pour être sûre de ne pas le perdre.

— Bon, on y va ! crie Mimi.

Maxi, son chien, court à la porte et aboie. Maxi ne veut pas qu'on l'abandonne comme ça.

— Non Maxi, disent-elles.

— Tu ne peux pas venir.

Mais Maxi reste en travers de leur route.

— Ça va, dit Mimi, tu as gagné. Mais tu as intérêt à être sage. Nous allons au supermarché.

Chapitre 2

Il faut traverser deux rues pour arriver au supermarché. La première est très large, remplie de voitures et d'autobus. Les deux Marylin attendent le feu rouge et ne traversent qu'après avoir vu s'allumer le signal « piétons ».

Le supermarché a une grande porte d'entrée et une grande porte de sortie. On peut lire sur la porte de sortie :

SORTIE

TENUE CORRECTE EXIGÉE

On peut lire sur la porte d'entrée :

ENTRÉE

INTERDIT AUX CHIENS

— C'est pour toi, dit Mimi à Maxi.

Maxi n'aime pas du tout l'idée de rester seul dehors. Pas du tout du tout. Il se met à aboyer.

— Sois gentil, dit Marylin, et elle se penche pour le caresser.

Juste à ce moment-là, un morceau de papier — un morceau de papier jaune — tombe sur le trottoir.

Marylin ne le voit pas tomber.

Mimi ne le voit pas tomber.

Mais Maxi le voit. Il aboie tant qu'il peut.

— Allons, dit Mimi, Maxi fait toujours des histoires. Fais comme si tu ne le connaissais pas !

Elles tournent les talons et entrent dans le supermarché.

— Qu'y a t-il en premier sur la liste ? demande Mimi.

Marylin fouille dans sa ceinture.

— Le papier a disparu ! crie-t-elle. Qu'est-ce qu'on va faire ?

— T'inquiète pas, on n'a aucun besoin de liste, dit Mimi, on la sait par cœur.

— Tu crois vraiment ? demande Marylin.

Elle aurait nettement préféré avoir la liste.

— Mais oui, j'en suis certaine, dit Mimi. Je me souviens de tout.

— Bon, alors ! dit Marylin.

Elle souhaite simplement que cela soit vrai. Le supermarché a l'air plus gigantesque encore que d'habitude. Il y a des travées innombrables. Il y a des pancartes de tous les côtés. Et puis une quantité affolante de nourriture.

SOLDE
DELi
VIANDE
MEDIUM
OEUFS
SPÉCIALE
SHELDON

LEGUMES
FRUITS
PERSONNALISÉES
TASSES

Elles décident de commencer par le rayon épicerie-confiserie.

— Y avait-il du pop-corn sur la liste ? demande Mimi.

— Je croyais que tu savais tout par cœur, remarque Marylin.

— Oui. D'ailleurs je pense qu'il y avait du pop-corn sur la liste, dit Mimi.

Et elle met le paquet dans le Caddie. Elle adore le pop-corn.

— Qu’est - ce qu’il y avait après le pop-corn ? demande Marylin.

Mimi est en train de contempler le rayon des boissons sucrées.

— S’il n’y avait pas de soda à l’orange sur la liste, c’était un tort, dit-elle.

Marylin met dans le Caddie deux bouteilles de soda à l’orange.

— Hé ! tu connais les nouvelles céréales avec un avion gratuit dans chaque paquet ? demande Mimi

— Ouahhh ! dit Marylin, je connais ! La céréale qui remonte le moral !

Et Mimi jette un paquet de Super Krunchy dans le Caddie.

Assez rapidement le Caddie est
rempli.
pop-corn,
céréales,
confiture de fraises,
crème de marrons,
esquimaux,
verres en
plastique,
brosses à dents,
chewing-gum
aux fruits.

CONFITUR
DE FRAIS
DELICES
GLACE CHOCO
ICE CREAM

Mimi et Marylin font la queue à la caisse. Elles regardent leur Caddie rempli à ras bord, et puis elles regardent leur billet de cinquante francs, et puis elles se regardent l'une l'autre.

— Je me demande si on n'aurait pas eu besoin de la liste, dit Marylin.

— En général, j'ai une excellente mémoire, dit Mimi.

— Jamais on ne nous renverra faire les courses si on rentre à la maison avec tout ce bazar, constate Marylin.

— Qu'est-ce qu'on fait alors ? On laisse tout là ? dit Mimi.

— On laisse tout comment ? demande Marylin.

— Regarde, dit Mimi.

Et vite elle fait rouler le Caddie derrière un rayon.

Elles courent vers la sortie ; il y a là Maxi qui tient un truc jaune dans sa gueule.

— La liste ! s'écrie Marylin.

— Viens ici Maxi, dit Mimi.

Maxi est en train de mâchonner la feuille.

Sois gentil Maxi ! dit Mimi.

Maxi continue à mâchonner la feuille. Mimi sort de sa poche un biscuit pour chien. Maxi lâche la feuille. La liste jaune est mouillée, gluante, collante et dégoûtante. Et pleine de petits trous en forme de dents de chien.

— Tu l'avais faite tomber ! dit Mimi.

— Tu l'as retrouvée, dit Marylin.

Les deux M. retournent dans le supermarché avec leur liste. Elle sent très mauvais et tombe en morceaux quand Marylin essaie de la nettoyer.

Les deux filles regardent le premier mot et éclatent de rire.

On lit : Beu

— Beurre ! dit Marylin, et elles courent au rayon du beurre.

Le mot suivant débute par un trou. Ensuite on lit : I N.

Cela ne les inquiète pas. Elles ont deviné ; le mot suivant est : Pain.

Pommes est le seul mot intact. Elles en achètent deux. Ensuite il y a : Poubelle.

— On est dans un magasin, pas dans un dépotoir ! dit Marylin.

Elles poussent le Caddie jusqu'aux sacs poubelle. Le dernier mot est complètement illisible. Mais Mimi et Marylin savent qu'il n'y avait pas écrit Confiture ou Bonbons. Le dernier mot est Lait. Elles prennent le plus frais.

— On y est arrivées, disent les deux M.

Le caissier débite chaque chose et fait le compte.

— Cela vous fait quarante-trois francs et cinquante centimes, dit-il.

Mimi lui donne le billet de cinquante francs. Il lui rend six francs cinquante.

— A bientôt, leur dit-il.

— Oui, à bientôt, répondent-elles.

Elles courent détacher Maxi et lui donnent la liste.

— Elle est à toi maintenant, dit Marylin.

Et Maxi se remet à la mâchonner avec satisfaction.

Les deux M. portent chacune leur tour jusqu'à la maison : du beurre, du

pain, deux pommes, des sacs-poubelle et un litre de lait. Sans s'arrêter une seule fois.

FIN

Pat Ross a grandi aux États-Unis dans le Maryland, avant de s'installer à New York, où elle vit toujours avec son mari et sa fille Erica. C'est Erica qui a inspiré sa maman. Lorsqu'elle avait six ou sept ans, elle avait une petite amie inséparable, qui habitait le même immeuble. Pat Ross est l'auteur de nombreux ouvrages, elle est aussi éditeur de livres pour la jeunesse.

Marylin Hafner est née à Brooklyn, dans l'État de New York. Elle vit aujourd'hui à Cambridge, dans le Massachusetts, aux États-Unis. Elle a étudié la peinture et les beaux-arts. Elle est sculpteur et fait de la gravure. Elle adore cuisiner, voyager et collectionner les antiquités. Elle a trois filles, qui sont déjà grandes. Marylin Hafner a illustré plus de cinquante livres pour enfants.

Les inséparables

Supplément illustré

Test

Es-tu l'ami rêvé ? Pour le savoir, choisis pour chaque question la réponse que tu préfères. *(Réponses page 94)*

1 Ton ami veut aller voir un film que tu as déjà vu :

▲ ce n'est pas grave, tu le reverras avec plaisir

■ tu veux bien aller au cinéma, mais pour voir un autre film

● tu le laisses y aller seul, tu iras avec lui une autre fois

2 Tu t'es disputé avec ton meilleur ami :

▲ tu lui téléphones dans l'heure qui suit

■ tu attends qu'il fasse le premier pas

● tu essaies de le voir pendant la récréation

3 Tu as prêté un disque à ton ami et il ne te l'a pas rendu :

■ tu penses qu'il exagère et que tu ne lui prêteras plus jamais rien

● tu lui écris sur un papier pour qu'il s'en souvienne

▲ tu te dis que tout le monde peut oublier, et que ce n'est pas très grave

4 Ton meilleur ami te confie un secret :

▲ tu ne le répètes pas

■ tu le dis à tes autres amis

● tu ne le révèles qu'à tes parents

5 Ton ami n'arrive pas à faire ses devoirs :

■ tu le laisses se débrouiller seul

▲ tu lui prêtes ton cahier

● tu lui expliques

6 Ton ami n'est pas prêt pour le spectacle de fin d'année :

▲ tu l'aides à apprendre son rôle

● tu l'encourages

■ il lui reste encore une semaine ; il a tout le temps pour l'apprendre

7 Tu sens que ton ami est triste :

▲ tu lui demandes ce qui le rend triste

■ tu fais une enquête pour tout savoir

● tu l'invites après la classe chez toi, pour lui changer les idées

8 Ton ami est invité à une fête sans toi :

▲ tu lui souhaites de bien s'amuser

■ tu demandes à tes parents de t'emmener au cinéma

● tu espères être invité la prochaine fois

Informations

Les jeux dans le monde

Les enfants du monde entier jouent et ont toujours joué. Les jeux varient et se transforment selon les pays et les époques. Certains existent depuis fort longtemps et ont encore beaucoup de succès. Voici l'histoire de quelques-uns d'entre eux.

Les poupées

Elles comptent parmi les plus anciens jouets. Connues dès l'Antiquité, elles ont beaucoup changé au fil du temps. Sais-tu que les premières étaient faites d'argile, de bois ou de pierre ? Plus tard, on les a fabriquées en chiffon, en peau d'agneau bourrée de sciure de bois ou en cire. La tête était souvent faite de papier mâché, de porcelaine ou même de biscuit ! Inutile de te dire qu'elles étaient très fragiles. Les poupées en plastique avec lesquelles tu joues ont été créées

il y a environ quarante-cinq ans. Mais les magasins de jouets n'ont pas toujours existé, et l'on achetait les précieuses poupées dans les foires ou à des marchands ambulants (*qui allaient de ville en ville*). Sais-tu que les poupées ont été utilisées comme mannequins miniatures ? Mais oui, des marchands les promenaient à travers de nombreux pays pour donner aux gens une idée de la nouvelle mode !

■ La corde à sauter

Jeu d'hier et d'aujourd'hui, il est toujours apprécié des enfants. Avant d'être en plastique ou en corde, les cordes à sauter étaient fabriquées avec des tiges de houblon dont on avait enlevé les feuilles (*le houblon est une plante grimpante, dont on se sert pour parfumer la bière*).

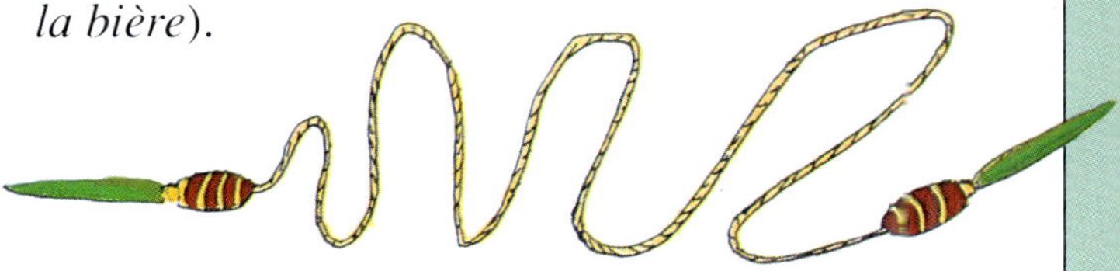

■ Le cerceau

Ce jeu existe depuis fort longtemps. Il était à la mode quand tes grands-parents étaient jeunes. En bois, en fer (on utilisait des cercles de

tonneaux), puis en plastique, il donnait lieu à des concours d'adresse et de rapidité.
Connais-tu le hula hoop ? Eh bien, au lieu de faire rouler le cerceau avec une baguette, on le fait tourner autour de sa taille en remuant habilement les hanches !

La toupie

En as-tu déjà fait tourner une ? Elle fut, au départ, un jeu inventé pour des adultes. Des rencontres entre villages étaient organisées, et des bandes d'adultes et d'enfants se réunissaient pour des compétitions. Il s'agissait de faire tourner la toupie le plus longtemps possible, sans qu'elle sorte d'un cercle tracé sur le sol.

Le cerf-volant

C'est un jouet bien connu des enfants d'Occident mais c'est en Orient qu'il vole depuis le plus longtemps. As-tu déjà fait ou vu une bataille de cerfs-volants ? C'est un jeu très populaire dans divers pays. On imprègne le haut de la ficelle de glu et de verre, ce qui la rend terriblement coupante. Un joueur tente de barrer le chemin d'un cerf-volant avec le sien. Quand les cordes sont proches l'une de l'autre, il lui donne une secousse pour que la ficelle de son cerf-volant tranche celle de l'autre. Alors le cerf- volant tombe et appartient à l'enfant qui le trouve.

Certains cerfs-volants sont gigantesques et peuvent avoir une corde longue de plusieurs kilomètres.

(Illustration Michelle Nikly, *Le Japon des Samouraïq et des robots,* Découverte benjamin)

Jeux

La marelle

Connais-tu le jeu de la marelle ? Celle-ci est particulière. Deux personnages s'affrontent : *Marylin* (questions vertes) et *Mimi* (questions bleues). Il faut un dé pour jouer. Pour arriver sur chaque numéro tu dois lancer le dé et avoir le bon numéro, c'est-à-dire 1 pour commencer, 2 pour continuer et ainsi de suite. Lorsque tu n'as pas le bon numéro, c'est à l'autre joueur de lancer le dé. Pour pouvoir relancer le dé, il faut répondre juste aux questions, sinon tu passes un tour.
Le premier arrivé au CIEL a gagné !

1. Qui est Maxi ?
2. Où M et M glissent-elles Bébé ?
3. Où habite Marylin ?
4. Quelle est la raison de leur dispute ?
5. Pourquoi laissent-elles Maxi dehors ?

1. Quel est le vrai nom des deux fillettes ?
2. Qui est Mathieu ?
3. Qui fait du vélo ?
4. Qui a des feutres neufs ?
5. Qui commence à vendre du jus de fruit ?

6. Ont-elles souvent été faire des courses toutes seules ?
7. Combien ont-elles d'argent sur elles ?
8. Quel jus de fruit vendent-elles ?

6. Que doivent-elles acheter ?
7. Qu' y a-t-il d'écrit sur la porte d'entrée du supermarché ?
8. Ont-elles eu assez d'argent ?

(Réponses page 94)

Bataille de mots

Marylin et Mimi se sont fâchées. Peux-tu rendre à chacune d'elles les phrases qu'elles ont dites, ou qu'elles auraient pu dire ?

Marylin

A. Il n'est pas question que je te prête mes feutres neufs !

B. Adieu les déguisements avec le manteau de ma mère !

C. Plus la peine de venir frapper au 2B.

D. Finis les câlins avec Bébé !

E. Même Maxi n'est plus ami avec toi !

F. Ne compte plus sur le sèche-cheveux de ma mère !

G. Tu as beau te mettre sur la pointe des pieds, je suis tout de même la plus grande.

Mimi

(Réponses page 95)

Jeu de mémoire

Sauras-tu placer dans la grille le nom de tous les héros de l'histoire, et de leurs objets, grâce aux indications suivantes ?

1. Ceux de Mimi sont tous neufs
2. Marylin en fait avec l'habitant du 3C
3. Des deux c'est la plus grande
4. Marylin fait du vélo avec lui
5. Le jour où tout va si mal elles décident d'y jouer
6. C'est la plus petite des deux
7. Un gentil petit chien
8. Un tout petit cochon d'Inde

(Réponses page 95)

Quel carrefour ?

Regarde ce dessin de l'histoire et essaie de retrouver le bon plan qui le représente vu du dessus. *(Réponse page 95)*

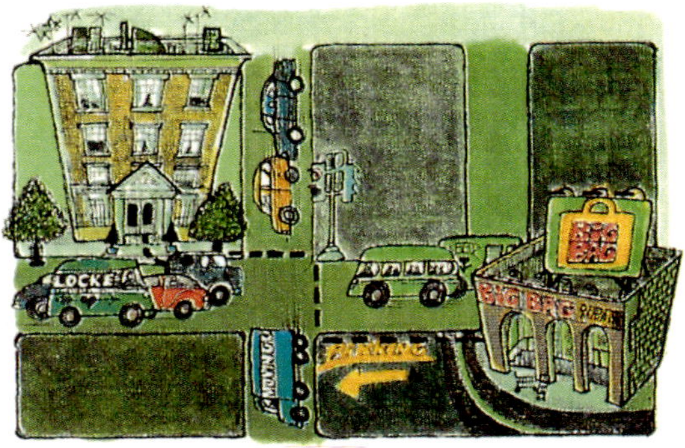

1

2

3

Charade

Grâce aux définitions suivantes, tu retrouveras un message écrit par M à M !

Mon premier est ce que l'on fait lorsque l'on voit une étoile filante.
Mon second est la fin de pointu.
Mon troisième est celui par lequel on commence à compter.
Mon quatrième peut être de couleur ou noir.
Mon cinquième brûle dans la cheminée.
Mon sixième est la dernière syllabe de naître.
Et mon tout est le début du message.

(Réponse page 95)

Ah ! ah ! le piège !

As-tu bien retenu les informations ? Alors, juste pour tester ta mémoire, peux-tu répondre aux deux questions suivantes ?

1. Quel est le jouet le plus ancien ?

2. Quel était le jeu fabriqué, au départ, avec des tiges de houblon ?

(Réponses page 95)

Réponses

pages 82 et 83

Compte les ▲, les ●, et les ■ que tu as obtenus.
- Si tu as plus de ▲, tu es l'ami que tout le monde rêve d'avoir. L'amitié est quelque chose d'important pour toi et tu cherches à la conserver par tous les moyens.
- Si tu as plus de ●, pour toi l'amitié c'est important. Tes amis doivent avoir un caractère souple, car tu n'es pas prêt à changer trop facilement d'avis. Mais, en cas de besoin, ils peuvent compter sur toi.
- Si tu as plus de ■, tu as des idées très précises et même un ami ne peut t'en faire changer. Tu aimes la compagnie des autres tant que cela reste agréable pour toi.

pages 88 et 89

La marelle : ***1.*** *Le chien de Mimi -* ***2.*** *Dans une chaussure -* ***3.*** *Dans l'appartement 2B -* ***4.*** *Elles ne savent pas à quoi jouer -* ***5.*** *Parce qu'il n'a pas le droit d'entrer dans le magasin -* ***6.*** *Non,* *c'est la première fois - **7.** Un billet de cinquante francs - **8.** Du jus d'orange.*

***1.** Marylin - **2.** Un camarade - **3.** Marylin - **4.** Mimi - **5.** Marylin - **6.** Beurre, pain, 2 pommes, 1 paquet de sacs poubelle, 1 litre de lait - **7.** Interdit aux chiens - **8.** Oui.*

page 90

Bataille de mots :

Les phrases de Mimi : A - B - E.

Celles de Marylin : C - D - F - G.

page 91

Jeu de mémoire :

***1.** Feutres - **2.** Vélo - **3.** Marylin - **4.** Mathieu - **5.** Cartes - **6.** Mimi - **7.** Maxi - **8.** Bébé.*

page 92

Quel carrefour ? :

C'est le numéro 3.

page 93

***Charade :** (vœu - tu - un - crayon - feu - tre) = Veux-tu un crayon-feutre ?*

Ah ! ah ! le piège !

***1.** La poupée -*

***2.** La corde à sauter.*

Titres à nouveau disponibles et nouveautés de la collection folio cadet

série bleue

Le problème, Aymé/Sabatier
Le chien, Aymé/Sabatier
Les boîtes de peinture, Aymé/Sabatier
Clément aplati, Brown/Ross
Le doigt magique, Dahl/Galeron
La Belle et la Bête, de Beaumont/Glasauer
Le dictionnaire des mots tordus, Pef
Du commerce de la souris, Serres/Lapointe
La petite fille aux allumettes, Andersen/Lemoine
Il était une fois deux oursons, Johansen/Bhend
Les inséparables, Ross/Hafner
Le petit humain, Serres/Tonnac

série rouge

Le cheval en pantalon, Ahlberg
Histoire d'un souricureuil, Allan/Blake
Le port englouti, Cassabois/Boucher
Fantastique Maître Renard, Dahl/Ross
L'enlèvement de la bibliothécaire, Mahy/Blake
Pierrot ou les secrets..., Tournier/Bour
Le rossignol de l'empereur..., Andersen/Lemoine
L'homme qui plantait..., Giono/Glasauer
Barbedor, Tournier/Lemoine
Le poney dans la neige, Gardam/Geldart
Les sorcières, Hawkins
Grabuge et..., de Brissac/Lapointe